Contes de musées

Marie Alexandre

Contes de musées

Nouvelles

LE LYS BLEU
ÉDITIONS

ISBN : 979-10-377-8398-1

L'art, c'est ce qui rend la vie plus intéressante que l'art.

Robert Filliou

À Tim, Zéline et Noah.

Préface

Dans un monde individuel et cloisonné où chacun tend à entretenir le domaine qu'il s'est choisi ou qu'on lui a confié, il est intéressant de suivre l'aventure de l'homme ou de la femme qui traverse (ou transgresse ?) le monde où il est convenu qu'il demeure. Ainsi de l'artiste qui choisit de passer de l'autre côté du miroir.

Marie Alexandre est une artiste engagée pleinement dans son art. Nous connaissons son travail de plasticienne et les expériences qu'elle mène comme peintre, sculpteur, créatrice de vitraux ou de ce qu'on l'on nomme aujourd'hui des installations. Un travail qui est celui de la main qui travaille, de l'œil qui observe, du corps qui participe. Mais que devient cette artiste lorsqu'elle choisit non plus de faire mais de regarder ? De devenir non plus la praticienne qui se confronte à la matière et à la forme mais la spectatrice qui regardant laisse venir à elle l'émotion du tableau et en nourrit son imagination ?

Pour en faire à son tour et d'une tout autre manière œuvre d'art. En d'autres termes, lorsque, délaissant le couteau, la matière brute et le pinceau, elle s'aventure parmi les mots pour en faire ce qu'on appelle communément des nouvelles, ce qu'on pourrait nommer plus simplement des textes.

À cette transgression créatrice, Marie Alexandre s'est confrontée.

Vertige des mots et des phrases. Aventure de la syntaxe qui obéit à de tout autres lois et oblige à inventer d'autres pratiques. Le résultat en est un bouquet de cinq nouvelles qui sont autant de cheminements individuels à travers l'œuvre et la mémoire, mélange d'invention, de réminiscences et de ces réflexions (ou émotions) qui naissent lorsque l'artiste plastique devient celle qui regarde l'œuvre d'un autre (cela va de Matisse à de plus modestes ou de plus oubliés artistes), pour en retirer une expérience du regard qui est aussi une expérience de la mémoire. Il n'existe pas de regard pur mais essentiellement des confrontations avec ce que nous sommes et ce que nous avons été.

Glissement d'un genre à l'autre : les artistes (peintres, dessinateurs ou autres) qui écrivent sur l'art sont nombreux. Je songe néanmoins à une expérience un peu semblable mais vécue depuis un autre horizon, menée récemment par la pianiste Claire-Marie Le Guay qui, s'aventurant de la musique aux mots pour traduire ce que lui apporte l'écoute des musiciens qu'elle aime, écrit : « Que se passe-t-il, s'interroge-t-elle, lorsque nous sommes devant une œuvre qui nous émeut ? » Nous prenons le temps, répond-elle, « cherchant à savoir qui se cache derrière une musique qui… donne envie de pleurer et qui éveille (les) sens ». N'est-ce pas là la réponse à toute lecture de ce qui nous émeut ?

« Ne vois-tu pas que l'œil embrasse la beauté du monde entier », écrivait Léonard de Vinci dans le Codex urbinas ? « Il sert de fenêtre au corps humain, par où l'âme contemple la beauté du monde, et en jouit. » Si la peinture est bien cosa mentale, elle naît aussi d'une émotion et appelle à ouvrir les fenêtres de l'âme. C'est ce que tente Marie Alexandre, à travers ces textes qui sont autant de fenêtres ouvertes sur sa propre expérience du monde et qu'elle nous fait partager un moment. Pour notre plus grand bonheur.

Éric Duquesne

La vente aux enchères

À la mémoire de Monique Debeaumont

Samedi 22 mars 2014 : vente à la chapelle Notre-Dame de Réconciliation, à Lille Esquermes.

J'ai acheté un petit tableau de 31 sur 25 cm au profit de la réfection d'une somptueuse et ancienne chapelle. Je l'ai trouvé exposé le matin parmi les trésors de la vente. Imaginez cette acquisition, son lieu, son déroulement. Les gens du quartier, les chineurs, les curieux observent et traînent devant un nombre d'objets insolites et divers. Bannières, crucifix, bijoux, argenterie, ornements de cheminée, bronzes, vaisselle, lustres, objets d'art, objets de brocante et d'antiquaire. Et là m'apparaît cette petite peinture faite de taches colorées et dont le cartel indique ceci :

Anonyme – « L'homme au chapeau » – huile sur toile – époque XXe siècle.

Il m'appelle ! À la surface de la toile, je le cherche et rapidement je le perçois : au premier plan sur la droite du tableau cet homme au chapeau me regarde, le buste présenté de trois quarts. Je pense à un algérien en costume d'armée, un harki précisément. Képi blanc, face bronzée et ombrée, veste kaki et sur l'épaule gauche, la bande rouge de l'officier. Le bras droit levé laisse apparaître la main gantée de blanc, posée sur… je ne sais quoi ! Il me regarde l'air fripon un peu naïf comme un Tintin en aventure. À l'arrière-plan, des taches de toutes formes de couleurs sombres et vives, en équilibre, s'organisent tel un paysage confus. Il me semble deviner une femme, juste au centre du tableau, floue, le visage frontal et sans trait précis, la veste jaune pâle ; elle attend, discrète. Lui, interpelle. Peut-être me dit-il ses sentiments pour elle. C'est une histoire silencieuse, nous sommes trois.

Mon cœur s'emballe. Cette étrange petite peinture dont rien ne semble certain m'attire et me fascine. La curiosité piquée, je me décide. Pour ce lot n° 116, je serai à la vente cette après-midi. Dans l'instant, je m'en retourne l'esprit envahi par cette trouvaille. Je tente de situer son chemin, son lieu, son milieu depuis son origine, sa naissance.

*

Ce tableau me semble appartenir à cette formation de Lille du milieu des années 1950. De jeunes artistes se rassemblaient au nom de l'atelier de la Monnaie.

On y trouvait : Roger Frézin, Pierre Olivier, Claude Vallois, Jean Pierre Dutour, Jean Brizy, Jean Parsy et Lyse Oudoire. Ce groupe d'étudiants s'opposait à l'enseignement encore trop académique de l'École des Beaux-Arts. Figuration altérée, suggérée, fuyante ou naissante… De vives expressions naissaient alors.

Si ce n'est de cet atelier, en tous cas, je situais « l'homme au chapeau », de cette période entre les années 1955 à 60. Art informel et suggestif ? Entre abstraction et figuration – entre dit et non-dit – entre débâcle et retenue. Et je pensais aussi à Eugène Leroy, magistral artiste indépendant de Tourcoing. Ce professeur de grec et latin qui, le soir, à la sortie des cours, isolé dans la sérénité et l'émulsion de l'atelier, pratiquait inlassablement une peinture fouillée, déterminée, obsessionnelle et peut-être enivrante. Cette peinture me secoue ; il s'agit de recherches où la forme disparaît dans le fond et surgit à force de persistance visuelle. Ces images où la figure prend force dans le jeu plastique des taches et bientôt des matières.

Resituée dans un contexte, ma découverte me semblait à la fois jeune et forte, à la fois abstraite et figurative, énigmatique et déroutante, insignifiante aux yeux du nombre et si excitante pour moi.

*

14 heures 35 min, l'heure de la vente aux enchères avait sonné et j'arrive en retard. La chapelle est pleine, les sièges sont pourvus et la foule debout à l'arrière, attentive au déroulement de la « messe ». Je passe alors sur le côté de la nef me frayant un chemin afin de visualiser les faits. De la main droite, je fais signe à quelques amies et cela me vaut de me faire remarquer du commissaire-priseur qui croit en une âme généreuse aussitôt arrivée. Sourires aux lèvres et échange de boutades, je salue l'assistance, l'ambiance est de bon aloi. Chacun est attentif, observant les lots proposés et tout autant, les réactions des uns et des autres émoustillés par les objets convoités. Ce large espace abandonné par les années, jadis haut lieu de processions, berceau de charité, de paix et de réconciliation, fait actuellement l'objet d'un renouveau. Réanimé avec attention par le voisinage, les « amis de la chapelle » et la ville organisent alors des rencontres à profit.

En franchir le seuil vous emporte dans le plus grand respect et vous inonde de quiétude. Ces pierres millénaires exaltent une luminosité diaphane. Lignes pures, ascèse. La majestueuse ogive brisée dessine le cœur qui par la hauteur s'élance vers le ciel et la lumière. Nous sommes tous en délectation, unis dans ce lieu de sérénité, d'âmes accueillantes, pour un moment délicieux figé dans le temps. Un moment suspendu de pur bonheur. La grâce est présente.

Et voilà le numéro 116 annoncé : « l'homme au chapeau ». « Mais où est-il ? Où est-il ? » questionne l'assistant à la vente tournant et retournant le petit tableau, châssis dos au public. Mais où est-il ? Sans attendre, je lève la main, le bras, mon désir tout entier lorsque, je le vois enfin révélé. Mais quelle n'est pas ma stupéfaction ! Ce n'est pas lui, ce n'est pas mon homme au chapeau, ce n'est pas celui qui m'appelait ce matin, mais un autre. Et cet homme-là, cet autre homme au chapeau de paille situé au centre du tableau, assis sur le sol, m'apparaît bien présent. Sa chemise est blanchâtre, les jambes repliées sont vêtues de bleu marine ; il tient dans la main gauche un sac clair et lumineux. L'homme est de profil ; il m'ignore. « Adjugé », s'écrie le chef d'orchestre tapant le rythme de la vente au marteau. Ce n'est plus mon tableau et je ne comprends pas. La main dressée et figée reçoit déjà la toile inconnue. Comment ? Un chèque ? À quel ordre ? Je suis perdue, je ne sais plus, mais me vient à l'esprit la réfection de cette belle chapelle. Le don au patrimoine, idée première à cette organisation me console. C'est dans l'instant ce qui m'apaise. Félicitations de toutes parts, la participation à cet ouvrage me rassure, action respectueuse de la sauvegarde du passé. Pour tout avouer, ce n'est pas la dépense qui me perturbe : la cause est belle. Mais je me trouve bien ridicule à repartir avec une… « croûte »… Juste une figuration d'amateur trop évidente ; une représentation sans intérêt ; une peinture du dimanche. Qu'allais-je en faire ? Je repars riche d'une petite expérience, mais penaude.

Je n'en savais rien encore mais ce nouvel homme au chapeau me réservait quelques surprises. Sans même l'imaginer et contre toute attente, mon esprit allait être réveillé.

*

De retour chez moi et encore sous l'effet de la déception, je l'observe. Autour de ce nouvel homme assis, des couleurs posées çà et là, comme sur une palette sans ordre apparent ; la juxtaposition des taches contrastées liées au probable hasard, créent dans certaines images un « décalage », provocant alors un effet de plans simultanés. C'est, selon le sens commun, ce que l'on appelle la profondeur.

C'est comme cela que j'avais ressenti le matin cette peinture. La lumière joue au révélateur des formes suggérées. La lumière emporte l'œil tout autour du sujet. La lumière oriente et dévoile ce qui est. J'ai souvent cette idée en tête :

« Là où on ne voit rien, il y a tout. L'invisible déborde de suggestions ». La sublimation n'est-elle pas inattendue parfois ? Elle faisait son chemin, j'allais être épatée.

*

Les taches informes, les couleurs contrastées créent des distances devant et derrière le personnage, des plans que je ne remarquais pas en premier lieu. Ce chapeau n'est pas tant le vif du sujet. Le halo qui le surplombe, une clairière, un espace littéral éclatant de lumière, semble maîtriser toute la densité et l'attention. Puis quelques autres éclats lumineux dirigent ma promenade visuelle. Çà et là autour du sujet, s'anime visiblement une ribambelle. Je remarque des formes humaines. Mon regard se laisse ainsi entraîner et balaye la surface de la toile. Du centre, mon œil circule et découvre l'ensemble parcourant un chemin hélicoïdal. Je me laisse donc guider suivant un sens de lecture : je vous décris maintenant cette image, cette nouvelle vision.

Ici devant à droite, au tout premier plan, un homme, mais non c'est une femme qui fait face à l'acteur principal. Son bras droit est levé, elle s'adresse à lui ; elle reste floue dans son corsage bleuté et accapare le regard de sa jupe claire vert amande ; elle est pour nous de profil. Plus à l'arrière-plan, un autre personnage au pantalon rouge ; puis à côté une autre encore à la chemise ample et blanche… Creusant encore la profondeur, latéralement sur la droite, un autre groupe de deux personnages semble en discussion. Je peux décrire une femme avec plus d'attention et de précision : elle est très brune ; sa jupe longue bleu-ciel, son chemisier rosé, son large foulard rouge lui marquant la taille lui donnent une allure élégante.

Plus à droite, une petite tache blanche signifierait peut-être un autre personnage plus lointain et qui n'est pas vraiment distinct. Qu'importe, l'œil perçoit cette tache et se balade encore. Peut-être y a-t-il d'autres choses ; je n'en suis pas certaine. L'image reste floue parfois. Vers le bas, à droite mon regard glisse encore et se laisse accrocher par une diagonale sombre qui remonte vers l'intérieur et désigne le sujet du tableau : retour à la clarté du jaune soleil levant, retour à l'homme au chapeau.

Chapeau ! Mon regard s'est laissé mener avec dynamisme à découvrir la surface animée tout entière. Une composition menée à la perfection. Un délice, une petite merveille !

Bien que je continue de percevoir ce tableau tel qu'il fut présenté en portrait, le harki et sa fantaisie, je découvre dans ce second cadrage en paysage, une étude recherchée d'un artiste de talent ; Résumons donc : six personnages dont au centre, le principal, les autres disposés autour de lui ; l'espace-temps permet à l'œil de développer la scénographie. L'image se déroule de gauche à droite tel un éventail pour enfin, resituer l'action centrale. Mais quel est le sujet ? Que faut-il comprendre ? De quoi nous parle ce tableau ?

La figuration, « L'homme au chapeau » semble prétexte à la peinture… et comme signifie le mot prétexte, le sujet reste à comprendre. Alors quel est-il ? Serait-ce une promenade d'été, un plein air sur une place arborée, un jour de marché ? Oui, l'image rappelle un marché asiatique rayonnant de couleurs comme ceux que nous connaissons tous par les photographies. Une ambiance ponctuée de vivacité pétillante, colorée et contrastée, d'une luminosité exquise et enchantée. Fruit de mon imagination ? Connaissait-on à l'époque ce type de paysage acidulé qui aura plus tard inspiré les marchands d'images et les photographes, comme il y a cent ans, les estampes japonaises ? Elles ont bouleversé la vision des peintres impressionnistes sur la conception de la peinture et les recherches picturales.

Mais il s'agit là d'une suggestion plus que d'une représentation et dans ce sens cette image s'affiche plus contemporaine.

Je peux observer maintenant après inspection que la toile est jaunie sur son revers et que le mince châssis, d'un bois vieilli, est réalisé à la main ; que le tissu minutieusement rabattu est cloué par vingt-quatre clous plantés et repliés, maintenant rouillés. Deux mots et un nombre sont inscrits manuellement sur le rabat : UMINRYI et GAN 40, c'est ce que je comprends. Que signifient ces inscriptions ? Un nom ? Une classification ? Cela reste pour moi un mystère. Au dos même de la toile, le chiffre 6 est entouré d'un cercle. D'autres traces de salissures que je laisse dans l'état par souci d'informations restent visibles.

Ce tableau dont j'ignore encore l'origine, n'a peut-être pas le titre de chef-d'œuvre, mais il fait œuvre. En format portrait tel qu'il m'a appelée, empli de mystères, d'interrogations et de charge émotionnelle, ou en format paysage son sens original, doté d'une intention que l'artiste a su développer. Avec ce double sens, la peinture laisse au spectateur l'imagination vagabonde, ce qui reste l'une des meilleures qualités d'un tableau. Et finalement, l'idéal est atteint car il me séduit tout à fait. « Ce sont les regardeurs qui font les tableaux »[1]. D'un sens ou d'un autre, image polysémique ? Allons voir… plus loin encore… et si je regardais la toile à l'envers cette fois ?

Le hasard est épatant, il nous invite aux situations parfois saugrenues mais tellement imaginatives. Il faut savoir saisir son appel, se laisser déranger pour cheminer ailleurs, autrement. Par inadvertance, par empressement ou par hasard, ce tableau fut accroché pour une vente aux enchères dans un sens

[1] Citation de Marcel Duchamp (1887 – 1968).

inapproprié. Qui pouvait alors comprendre son intérêt, sa raison d'être même ?

Gardons l'œil. Tout est dans l'inattendu !

L'homme au chapeau
Anonyme – non daté (25 x 30,5 cm)
Collection privée

Jour de fête

J'ouvre un œil et doucement prends conscience de la réalité : je m'appelle Milène et j'ai huit ans. La lumière bleutée colore l'espace de ma chambre par les rideaux azur. Le vent qui s'infiltre dans l'ouverture de la fenêtre soulève les longs et souples tissus ; il les gonfle légèrement comme les voiles d'un bateau en pleine mer. Des bruits diffus m'interpellent. Je devine qu'il fait déjà jour et que le monde extérieur s'agite. Soudain, des haut-parleurs propagent dans la rue une musique populaire et enthousiaste, le morceau préféré du moment ; papa l'écoute toujours et cela me met en joie. Puis une voix féminine annonce les festivités de la journée : « Bonjour à tous et à toutes. Petits et grands, merci d'être venus si nombreux en cette splendide matinée »… « Pour vous, le futur tube de l'été, un succès ! »… « Le sublime *Afrikaan beat* de *Bert Kaempfert* »… « En attendant… chers amis… l'arrivée des courses, n'oubliez pas de participer au tirage au sort qui récompensera le vainqueur. Gagnez une soirée inoubliable à la table des sportifs ; ce soir avant le grand bal de l'union des travailleurs ! »

Trompettes, orchestration si joyeuse : La musique s'effaçant à chaque reprise de la voix, fanfaronne de plus belle, laissant dans l'air la promesse d'une journée festive et heureuse.

Soulevant l'étoffe, je jette un coup d'œil par la fenêtre ; voilà un magnifique 1er mai, comme un dimanche de printemps ensoleillé. Du deuxième étage, j'observe la grande place : le centre-ville déploie son effervescence. Des barrières encadrent la chaussée et les badauds s'agglutinent sur les trottoirs attendant de voir passer le défilé. Vite, j'enfile un vêtement confortable et sans perdre plus de temps, je descends, embrassant à la volée ma mère bien occupée au magasin du rez-de-chaussée. « Fais signe à ton père lorsque tu le verras passer », me dit-elle vivement.

Ma mère reçoit toujours les clients avec le sourire. Elle est de nature joyeuse et « croque la vie », dit-elle, même si son commerce lui pèse un peu de par les contraintes administratives. Elle aime faire la cuisine et ne se fait jamais prier lorsqu'on lui réclame un bon repas. Elle fait aussi la pâtisserie à merveille, ses cornets à la crème et « Tom-pouces » sont délicieux. À table, on rigole bien en famille et on se régale. Souvent le soir, elle se détend en tricotant et se divertit du petit écran. Jacqueline Caurat, Anne Marie Peysson ou encore Denise Fabre donnent l'ambiance à suivre de la soirée. Mais nous, les trois enfants, retrouvons notre oreiller au journal de 20 h.

Mon père lui, ne traîne jamais en cuisine mais il savoure les bons petits plats avec enthousiasme : canard flambé au poivre vert, truite saumonée aux amandes et toutes sortes de recettes alléchantes. Il dit toujours « à la maison, on mange mieux qu'au restaurant ». Doux, tendre et pensif, il reste très discret. Il aime son travail, bidouille le plus souvent à la cave où il s'est aménagé un petit bijou d'atelier pour bricoler. Il adore les dépannages à domicile, grâce auxquels il rencontre les clients de la boutique ; répare les télés ou d'autres gros appareils qu'on ne déménage pas et pour lesquels son déplacement est nécessaire ; ça le fait sortir, fumer sa p'tite Gauloise filtre et s'échapper du quotidien. À chaque fois chez les uns et les autres, bien accueilli, il boit son petit coup, selon les heures de la journée, café, apéro ou un verre de vin rouge. Il sifflote très souvent ce qui nous fait penser qu'il est heureux.

Ces deux-là sont amoureux : des inséparables !

Mais revenons aux évènements.

Il était moins cinq car à peine sortie dans la rue, j'entends déjà les klaxons et les rumeurs… Elle approche…

« Quelle sorte d'objet vais-je attraper cette année ? Un jeu de cartes, un pousse-pousse, des bonbons, une casquette ? L'an dernier, j'avais reçu en rebond sur la tête, un ballon de plage que j'ai gardé en souvenir ».

La joie monte, la caravane publicitaire déchire l'asphalte en fanfaronnant les jingles des marques bien connues entendus sur les ondes de radio ou à la télé. Des centaines d'échantillons sont lancés par poignées ; chacun tente d'en capturer au vol. Ce sont ces marques qui en partie sponsorisent la course avec l'aide des commerçants du coin. Papa, en tant qu'électricien avait été délégué pour créer le réseau qui alimente le territoire de la ville, afin que la musique retentisse de partout. À cette heure de la matinée, il parcourt les rues avec la caravane à bord de l'estafette aux couleurs jaunes et rouges de la société d'électroménager pour laquelle mes parents sont revendeurs. Je l'entends derrière son micro : « Réjouissez-vous, ils arrivent… Pour cette première course du printemps… Mesdames et messieurs faites leur un accueil triomphal, applaudissez les plus grands compétiteurs de notre région… À midi, heure précise ne manquez pas la remise des prix en compagnie de monsieur le maire et de ses invités de prestige, j'ai nommé le grand : Jean Stablinsky et Elie Marsy le taureau des Flandres ! »

La foule est en liesse. Reprise de la musique à plein tube, passage des voitures et défilé des camionnettes bariolées aux couleurs des enseignes ; lancées de ballons et d'objets… des porte-clés, tee-shirts, des petits drapeaux… De-ci, de-là… Et en veux-tu et en voilà… Applaudissements, rires, sifflements, cris de joie…

Grâce à ma petite taille, j'arrive à me faufiler juste devant la barrière métallique et j'aperçois un gros ours bleu conduisant une camionnette. À ma hauteur, il me lance une petite pochette, bleue, et à l'intérieur je découvre un crayon, une gomme et un petit livret de jeux aux couleurs de la marque bleue qui nous donne chaud l'hiver. Je suis contente. Puis une dernière voiture ferme le cortège et de son avertisseur régulier, nous informe de l'arrivée imminente des cyclistes.

C'est le bonheur ! Les musiques s'éloignent et se diffusent dans l'atmosphère, vers d'autres quartiers de la ville. Un bourdonnement les annonce. Écoutez : comme un essaim d'abeilles qui se rapprochent, le bruit des roues de vélo sur le bitume, de plus en plus fort, de plus en plus proche !

La foule et les drapeaux s'agitent. Parée, la haie d'honneur accueille les héros du jour. Les caoutchoucs arpentent le sol goudronné, ils envahissent l'espace sonore. Cette fois, ils ont là ! La masse grouille, le peloton apparaît en suivant le rétrécissement de la chaussée. « Et pousse-toi de là », dit un cycliste à l'autre. Coup de frein ! « Dégage ou accélère », dit un autre. Re-coup de frein ! Bruits de dérailleurs. Chacun interpelle celui qui perd la cadence. Mais ni l'un ni l'autre ne porte attention à cette foule et les encouragements s'entremêlent. « Allez, André ! Vas-y Jack ! » Applaudissements, cris et agitations de toutes parts. Les cyclistes dévalent la rue à toute vitesse ; Concentrés sur leurs bécanes, féroces, la route leur appartient. Un seul objectif en point de mire : rouler le plus vite possible, parcourir les kilomètres jusqu'à l'accomplissement, l'arrivée. Qui gagnera le podium ? Le groupe passé à toute allure, ne restent que les derniers qui peinent à reprendre le rythme après quelques gouttes de rafraîchissement.

Et puis, en voilà encore trois. L'un en maillot bleu étoilé, le deuxième en maillot rayé et le troisième en maillot jaune. Tous les trois transpirent l'effort, le corps penché vers l'avant, la tête dans le guidon, les muscles vigoureux et les mollets aiguisés. Tout à leur passion, à leur course, ils cherchent à rattraper les autres, c'est sûr ! « Allez Petit Breton… Allez,

Jacquelin », entend-on encore alors que la foule se disperse.

… Quelques minutes passent…

Un autre bruit m'envahit les oreilles, des cris encore, mais l'atmosphère a changé. L'espace tout autour me semble vide. L'acoustique amplifie une réverbération de sons marins, de clapotis et de plongeons ; des cris d'enfants… La Piscine !

Le brouhaha disparaît. La bande sonore a cessé d'être diffusée et je me trouve entourée d'œuvres d'art. Calme et sereine, j'abandonne ma rêverie et reviens au fil du moment dans ce musée d'art et d'industrie du Nord de la France regorgeant de surprises et de beautés. Postée devant trois coureurs cyclistes, j'observe.

Les coureurs
Lucien Jonas –1905 –
Études préparatoires pour « Final rush »
– La Piscine – Roubaix

« The final rush », comme si j'avais encore huit ans, je me passionne pour ces coureurs, devenus peintures sur toile ; Magnifiques autant que remarquables sportsmen de Lucien Jonas. Jeunes athlètes à l'œuvre sur leur bicyclette, sans fard, sur fond délavés, voire monochromes. Sont-elles inachevées ? Non ! Véritables études du mouvement pris sur le vif, elles représentent l'effort dans la course, aussi vivant que nature.

Puissantes de réalité, elles m'ont emportée et ont ravivé un sentier lointain de ma mémoire. Je suis subjuguée par le dessin tendu et nerveux, la lumière franche module les volumes en masse. C'est cela, une peinture sculpturale. Les sportifs en mouvement, sur mesure de l'action et de la rapidité, s'apprêtent à sortir du cadre !

Séduite et sous le charme du souvenir de mon enfance, en promenade ce dimanche au musée de la Piscine, j'admire ces coureurs qui m'ont fait perdre les notions de l'espace et du temps. Comme si c'était hier, mais aussi aujourd'hui : jour de fête !

L'atelier

L'hiver s'éternise, hostile. Depuis plusieurs semaines, la pluie ne cesse d'envelopper les rues, les toits, les terrasses, les jardins et les pardessus. Le vent n'en finit pas de s'épuiser et de se ressaisir. Des rafales déménagent l'ordre établi. Sur le port, les bateaux tanguent et les mâts s'efforcent de rester dignes. Les cliquetis des drapeaux s'apostrophent, produisent une dysharmonie tel un concert de casseroles annonçant un autre monde. La mer gronde d'une colère sourde, elle se déchaîne et comme des voiles, les vagues gonflent et se déversent jusqu'à hauteur des trottoirs. La baie, trempée ne respire qu'entre deux débordements. Dans cette agitation les palmiers plient, envoûtés, acharnés dans la pratique d'une danse cabalistique.

« Un temps à ne pas mettre un chien dehors » grommelle une voix sourde à l'intonation contrariée. Après cette journée productive en relations publiques, mises en forme de contrats, suivi des dossiers, énergie donnée au service de l'office, Henri veut oublier cet univers de bureaucratie, oublier les mots, oublier les chiffres, tout oublier. Il entre dans l'immeuble situé près de la jetée, grimpe au dernier étage, ouvre la porte et la referme aussitôt derrière lui. « Me voici libre », marmonne-t-il ; « libre de gestes, de lignes et de pigments à étaler comme je les frémis, comme je les considère lisses et purs. »

Sur le porte-manteau, il dépose sa redingote lessivée. Une seule chose compte à présent ; le temps de la recréation, de la passion. À 49 ans ce qu'il désire le plus au monde c'est se donner, s'abandonner à la créativité ; exister autrement. S'extraire du quotidien en se laissant envahir par la magie de l'expression artistique. Ici même planent deux maîtres mots : l'isolement et la ressource. Toutes les conditions sont réunies pour répondre à l'attente.

Tel qu'il est arrivé, il se pose. Le mauvais temps le nargue, peu importe. Le ruissellement de l'eau dessine des lignes retorses sur les vitres. La pluie frappe, rythme régulièrement l'espace sonore en chantant dans la gouttière. « Un vrai déluge ! » pense-t-il apercevant de la fenêtre le rivage.

« Je devrais entrevoir vivre sur une île où le soleil réconforte 365 jours par an, où la mer calme et sereine amène à la rêverie, où la pureté des couleurs est si éclatante qu'elle aiguiserait les sensations. Je la vois, je la sens, ma peinture sera lumineuse, ou n'existera pas. »

Henri se sèche, il se réchauffe, il se détend. La transition opère. Se laissant ravir par les effluences du lieu, il jubile d'un bien être.

« Ici dans mon atelier, je reste à l'abri de tout ; j'écoute, j'observe, j'imagine, je me projette, je retrouve les sens et je prends mon temps. Je respire la peinture, le médium vénitien, l'huile et l'essence de térébenthine. Ces émanations m'exaltent, me protègent et m'apaisent comme une huile essentielle. Ici surgit le rayonnement intérieur, je deviens enfin qui je suis !

Alors que la lumière du jour de plus en plus affaiblie par la grisaille plonge l'espace dans une semi-obscurité, Henri allume la lampe. Celle-ci grésille, peine à stabiliser une lumière qui finalement tamise et enveloppe chaque chose. L'atmosphère contrastée s'avère propice ; quelques surfaces pâles s'éclairent. Une seule pour le moment le captive.

Il la scrute, l'envisage. Le bras tendu vers la surface de la toile, un œil fermé pour mieux se concentrer sur un seul point de vue, il estime. De la main et du bout de l'index, se succèdent les contours de ce qu'il imagine. Dans l'espace, il dessine. Douces volutes, lignes courbes, formes généreuses. "Je les vois ces lignes noires. Elles s'affirment et composent. Elles se rempliront de rouge et de vert, glisseront vers le bleu et l'orangé, puis le jaune viendra affronter le violet."

… "La couleur, je la dévore ! Un bleu par exemple, un bleu velouté posé au large pinceau : Voilà ce qui imagerait la puissance, la grandeur et la profondeur de l'espace infini ! La couleur, c'est l'œil, le goût, la couleur me fait saliver. Elle est l'espoir, la motivation, le bonheur, la jouissance, l'émotion, l'enchantement. La couleur, j'en mangerais si elle devenait comestible !"…

Il ferme les yeux et inspire profondément…

… "Attaquons !"

Assis maintenant devant le chevalet, il saisit un fusain et sur la toile, dessine les contours du motif. Son allure se fait précise et déterminée et d'un trait ferme qui se veut définitif, il trace la ligne comme une évidence : la libération d'un geste retenu trop longtemps. Saisissant la palette et les tubes, un par un, il les assèche pour élever des îlots de couleurs primaires à la surface du plateau de bois. Puis attrapant une large brosse, il mélange la pâte, crée les complémentaires, unifie la matière ; L'étalant sur la surface plane, la toile s'anime.

L'inépuisable création l'emporte ; ni la pluie devenue virulente aux carreaux ni les éclairs survenus de l'orage avec ses grondements oppressants ne l'arrêtent.

Au plus profond de son être se trame vaguement l'objet final. Il est urgent d'entrer en fusion avec l'autre dimension : celle qui emporte l'artiste. Quelques secondes suffisent à l'enfouissement de l'esprit sur le chemin singulier où la raison s'efface. Se laisser guider et pourtant rester maître de l'action. Dans cet état de repli, curieusement les horizons s'élargissent, le désir monte, l'énergie jaillit.

Le peintre cherche et se laisse emporter. Il se parcourt, sonde la profondeur de son âme. Dans une bulle de confiance inouïe, il laisse venir en lui la force afin que le sort s'accomplisse. C'est un passeur ; il en perd l'attention. Tout son être se confond ; il ne fait plus qu'un avec ce qui commence, ce qui s'annonce. Les faits sont essentiels, réunis dans une alchimie pour le meilleur et pour le pire : la solitude, la destinée et parfois la plénitude. "Tout mon plaisir, mon devoir et ma nécessité sont là. Je le veux, je l'aurai, je le deviens, je le suis !" Henri de tout son être envahit de passion semble être devenu la créativité même.

Sur le côté du chevalet, un miroir reflète une image. Celle-ci apporte la vision d'un double que l'artiste produit sur la toile. L'attitude y est toute semblable ; son dessin lui ressemble. Henri s'observe et comme en abîme se peint dans l'action de peindre.

Avec la couleur arrive la profondeur.

“Après tout, le sujet n’est qu’un prétexte à la peinture. Le fond et les formes créent les plans : – la palette dans la main – le personnage – le meuble de toilette en marbre blanc et les faïences sur l’arrière-plan bleu foncé font se détacher le motif et creusent l’espace. Oui, ce n’est pas mal du tout. Un peu de couleur plus vive et pourquoi pas, du rouge au sol dynamiseront et allégeront l’ensemble tout en pesant le poids de chaque élément”.

Enfin l’ajout de touches plus claires suggère la lumière. Elle modèle les quelques objets, le visage, les mains. Le trait noir revient souligner la représentation. Et celle-ci n’est pas moindre : l’autoportrait ! Le portrait de l’artiste par lui-même, la figure ou du moins, celle qu’il va et doit fondamentalement laisser au regard du monde ; Celle qui à jamais le définira.

Parfois, la réflexion surgit comme pour faire revenir à la seule réalité de l’instant. Henri troublé se regarde encore et se redresse. À ce moment, son image le surprend ! En costume cravate ? - “Est-ce bien sérieux pour la peinture et l’atelier, d’être accoutré de la sorte ?”… “Même pas pris le temps de me changer en arrivant ! Pff… En costume cravate !”… “Et gaucher de surcroît” !

Un temps suspendu s'installe pour une courte durée. C'est alors qu'il réalise : "L'inversion du miroir !"… Je me suis fait gaucher par l'observation de l'image inversée dans le miroir ! Un vrai faux semblant. Mais quelle blague ! »

Henri se souvient de cette question qu'il se posait plus jeune alors qu'il visitait quelques musées et observait les autoportraits à l'œuvre. « Pourquoi les artistes de tout temps ont-ils la fâcheuse idée de se monter gaucher ?

Démonstration à l'appui ; par dépit ou par tradition ? Dans tous les cas, est-ce important ? »

Henri Matisse,
Autoportrait, 1918, huile sur toile (65 x 54 cm).
Donation Madame Jean Matisse à l'État français pour dépôt au musée départemental Matisse, Le Cateau-Cambrésis.
Photo Musée départemental Matisse, Le Cateau-Cambrésis, Droits réservés. © Succession H. Matisse.

Sacrée lumière

Curieuse et admirative de la beauté du lieu, flânant le long des galeries favorites des quartiers anciens, je découvre par une lucarne, un immense espace architectural. D'emblée, la clarté me questionne. La lumière semble s'y engouffrer là où elle sera au mieux révélée ; elle y est entrée pour se montrer c'est sûr.

M'approchant car interpellée par cette curiosité, je découvre un agencement magistralement élevé. Et les pierres sont si blanches que chaque rayon de clarté s'y accroche et s'y réfléchit. Chaque volume dans sa sobriété sollicite ombres et lumière d'une façon sculpturale et attise ma curiosité. Mais où se niche la porte d'entrée et comment parvenir dans ce mystérieux univers ? Je me sens irrésistiblement invitée, à l'instar d'Indiana Jones alias Harrison Ford face au temple maudit. L'édifice renferme-t-il un trésor ? Après quelques instants à la recherche d'un passage, par glissement sur le côté, j'y accède.

Cette architecture inouïe m'emporte et m'exalte. Cela promet de la ressource à tous points de vue. Je lève la tête, mes yeux s'écarquillent, mes narines s'élargissent, mes poumons se gonflent comme voiles au vent et m'apporte une énergie nouvelle. Ma respiration se fait plus voluptueuse et mes désirs se déploient. Je viens de pénétrer dans un nouveau monde. Aussi je vais tenter d'expliquer ma découverte afin de partager avec vous un peu de passion, un peu de sensations reçues.

Cet asile à l'accueil céleste éblouit par sa large et très haute structure d'une légèreté absolue. Des arches épurées, montées sur de fines et multiples colonnes stylisées, élèvent et couvrent la surface, plus hautes encore que les halls d'un marché. Cette structure élégante s'impose par sa droiture et inflige au temps et à l'espace une sorte de suspense. Quelque chose intrigue. Majestueuse d'immensité, paradoxalement, elle nous oblige à l'intériorisation. Appelée comme une élue, je continue ma visite. Ce milieu agit sur ma conscience, je pourrais résister mais, sciemment, me laisse emporter. Cette impression reste encore assez floue mais tout en confiance, je sens que j'ai ici ma place.

Je ne suis pas seule. Des groupes de personnes aux allures extrêmement lentes admirent ou discutent sereinement comme si ce décor leur était familier.

Chose étrange, quelques silhouettes se présentent fantomatiques. Bizarrement, les lignes de l'architecture se dessinent à travers elles. Leur transparence les fait apparaître, ou disparaître peut-être. Je me crois dans un rêve voire une fiction. Pourtant, chaque scène que je vais décrire me rappelle à la réalité du quotidien. Ici, trois personnes conversent éperdument et ailleurs, des enfants caressent des chiens, braves et dociles ; attendent-ils leurs parents ou leur maître ? Plus loin, adossé à un large pilier, un mendiant le bras levé interpelle un passant. Un individu marche d'une allure rapide tandis qu'un autre parcourt le dallage en compagnie d'un animal. Ici, un homme entre deux âges courtise une jeune femme. Ce vide colossal cherche à recueillir les curieux, les paumés, les assoiffés, les laissés pour compte et les lassés de la vie, mais aussi les volontaires et les plus dégourdis semble-t-il. Chacun agit avec un naturel anodin et ce petit monde ne se soucie guère de mon arrivée. Suis-je donc transparente moi aussi ? Vais-je à mon tour osciller entre présence et disparition ? Le trouble est si profond que j'en vacille. Je tente de reprendre le contrôle. Il me faut respirer à pleins poumons afin de me sentir vivante. J'inspire doucement, silencieusement. Réanimée je poursuis mon exploration.

Accrochés aux colonnes, des blasons et des peintures saintes encadrées de dorures ponctuent la promenade vers ce qu'on appellerait un maître hôtel. Je suis entrée dans une agora ou peut-être un lieu de culte, un endroit fascinant à la perspective infinie. Ce stratagème est accentué par un sol carrelé de noir et de blanc qui allonge et augmente subtilement l'étendue de l'espace. Poursuivant mon chemin, je découvre de droite à gauche, un enchaînement de pilastres qui se succèdent en rythme, et forment comme des alvéoles inondées de luminosité, s'ouvrant elles-mêmes sur de nouvelles superficies toutes éclairées à l'infini, comme des étendues en miroir. Ce rayonnement accentue-t-il cette sensation d'infini, ou est-ce l'infini qui appelle la lumière ? Sans lumière pas d'espace, pas de perspective, pas d'infini. Pas d'infini, pas d'espoir ? Ce n'est qu'une suggestion mais je suis certaine que cette immensité épurée amène à l'universalité ou quelque chose de ce genre qu'il me faut découvrir. Cette pensée me traversant l'esprit, subitement illuminée je perçois un message du spirituel, comme une expérience mystique. Alors, les recherches vers la grandeur, les prouesses et les folies architecturales m'ont paru fascinantes. Au plus haut, ces arches sont des ponts qui tissent l'union des mondes. Les clés de voûte deviennent-elles, peut-être, les clés de l'univers ? Et ces pierres blanches seraient-elles le dernier rempart avant le Graal ? Sublimée, la lumière douce et suave devient le sujet même de ce refuge, de cette rencontre. Est-ce le secret, le trésor ? La lumière ! Comme une vision de la métaphore philosophique et spirituelle de la vie, cette découverte me suggère le sens, le divin.

Quelques odeurs me parviennent, l'encens, l'encaustique des boiseries et son goût de miel. Je ne suis pas devenue transparente et je n'ai pas rêvé. J'entends les rumeurs de la ville. Sur les pavés de la place centrale passe une automobile. De la fenêtre, je perçois le cours de la vie ; il me paraît bien ordinaire. Dans un musée d'une ville des Flandres, pour moi la visitation, le salut d'une joie intense de découvrir grâce à la passion d'un collectionneur, une sacrée architecture… Et de l'artistique pour transporter nos âmes !

Intérieur d'une église animée d'une procession –
Pieter Neefs (Anvers 1578 – 1556/1661).
D'après Jan Van Londerseel
(Anvers 1570-1575 – Rotterdam 1625).
Huile sur cuivre – 28,5 x 41,5 cm – collection privée

Histoire d'Ange

Paréidolie, on ne voit bien que ce que l'on veut voir ou percevoir. Avant d'en dévoiler davantage, il me faut restituer le hasard du calendrier. Cette année 2021 fut décrétée par le pape François, année saint Joseph. Connu pour être le père de Jésus, fêté le 19 mars, celui-ci a hérité des titres de saint patron des travailleurs et de patron des charpentiers. Cette information peut paraître sans importance mais c'est justement dans la charpente qu'on trouvera le réconfort dans cette histoire embarrassante. Je vais sans tarder vous la conter.

En février 2021, au cœur de l'hiver nous étions tristes. Comme tous les habitants de la rue Colson, quartier Vauban, nous étions meurtris d'imaginer l'église du quartier terrassée. Décor urbain abandonné, devenu trace d'un passé religieux, témoignage d'une époque et d'une architecture sacrée, ce lieu faisait pourtant l'objet d'une éventuelle restauration. Chaque matin, Francine passait par là, espérant encore la sauvegarde de ce qui, sans aucun problème de vétusté, pouvait rester debout et fiable. Chaque matin, celle-ci allait prendre une photo témoignant de l'existence de l'édifice et de l'avancée des travaux s'il devait y en avoir. Tout d'abord, ce fut l'installation de barricades obstruant la vue de tous curieux impromptus. Ensuite arrivèrent les engins : bulldozer, tracteur à chenille au bras géant et articulé, poutres métalliques, concasseur, pelle hydraulique, il paraît qu'on appelle cette dernière un « brise roche », ce qui ne laisse pas de doute sur sa capacité à dévaster. Tout cet arsenal installé comme des blocs d'armée s'apparentait à autant de machines de guerre ; Les prévisions ne s'annonçaient pas heureuses, le coup de gong devait retentir dans quelques jours.

L'édifice, unique en son genre avait été construit à la fin du 19e siècle. Auguste Mourcou en fut l'architecte. Né à Lille en 1823 et disparu en 1911, celui-ci fut formé à l'école des Beaux-Arts de la ville et par la suite, fut élu membre de l'académie des sciences. Si la chapelle Saint Joseph, du collège Saint-Joseph d'alors n'était pas classée au titre des monuments historiques, d'autres de ses architectures le seront au début du XXIe siècle. Le plus connu de par son style, reste le Palais Rameau, pavillon d'exposition de type orientaliste. Le lycée Montebello actuel, ancien hôpital sainte Eugénie et plus tard hôpital de la Charité, demeure l'ensemble le plus vaste. L'église Saint-Martin d'Esquermes et le corps des bâtiments du collège saint Paul en sont d'autres exemples. Ces architectures témoignent d'un style et d'une époque qui ont fait la grandeur de la capitale des Hauts de France.

La chapelle en question, sacrée en 1886, fut construite en briques rouges dans un style romano-byzantin. Elle avait la particularité de posséder un cloître suspendu, une sorte de démonstration d'un savoir-faire mais aussi une attestation de la présence des jésuites à Lille. Ses vitraux avaient fort heureusement été démontés, déposés dit-on, il y a quelques années dans l'intention d'une restauration. Ils restent depuis invisibles mais paraît-il, devraient en partie revoir le jour en façade de la chapelle de l'université Catholique. D'une très grande maîtrise et d'une belle qualité visuelle, ceux-ci avaient été réalisés dans les ateliers Latteux Bazin, par des maîtres verriers de renommée. Certains de ces vitraux par ailleurs avaient été financés par des familles d'élèves du collège.

Plus récemment, un appel à projet avait été lancé afin de rénover et transformer l'endroit en ruche d'apprentissage. Un centre d'étude en ingénierie à pôles informatique et artistique fut imaginé, tirant parti de l'architecture. Une église réhabilitée en école semblait symboliquement le cheminement idéal. Finalement, les décisionnaires choisirent la disparition du site, cette solution paraissant sans doute la moins coûteuse.

« L'argent bien sûr, le nerf de la guerre ! » pensa Francine. En réalité, ni l'appel auprès de la Drac en charge du patrimoine ni la demande au ministère de la Culture n'avaient porté ses fruits. La pétition engagée par l'association de sauvegarde du patrimoine était, elle aussi restée sans réponse. Rien n'y fit ! Pour les paroissiens, même un Jean Nouvel ne remplacerait pas la présence de l'Esprit sacré : l'attachement aux souvenirs, les rassemblements familiaux lors des communions des enfants, les prières intimes, le sentiment de protection et le bien-être avec la proximité du Divin. Chaque colonne, moulure, sculpture, chaque pierre est imprégnée de serments et de grâce d'un peu de tous venus un jour ou l'autre ou plus régulièrement se recueillir pour y trouver la paix, la ressource, la confiance.

Mais revenons à notre histoire de déconstruction peut-on lire dans les journaux. Si déconstruction il y a, reconstruction il doit y avoir. Seul le sacré des lieux aura disparu ! Serait-ce pour un sacré lieu ? Le futur nous le dira !

Un beau matin face à l'église, tout un monde rassemblé sur le trottoir, s'unissait en témoin du massacre présagé. Présences par curiosité ou défenseurs du patrimoine, badauds, voisins, journalistes, tous semblaient figés. Certains visages étaient livides, croyants encore en la dépêche salvatrice imminente. D'autres exprimaient du mécontentement voire de la colère. D'autres, encore plus détachés, semblaient indifférents ou sceptiques ; faire place à la nouveauté en ville commence souvent par « l'enlèvement » de vieilleries qui ne donnent plus envie qu'on s'y attarde. Pourquoi se poser tant de questions sur le caractère ancien de ce qui existe ? Quelle valeur donne-t-on à ce qui peut s'appeler patrimoine ? Patrimoine, y a-t-il ? Et pourquoi le conserver quand tout peut être plus… Spectaculaire ? Contemporain ? Élégant ? Moderne ? Sans histoire et sans âme ?!

Je me souviens, c'était un lundi froid de février. Une dizaine d'ouvriers débarquait, chacun se mettant à la tâche méthodiquement. Les hommes de main, les conducteurs avec leurs machines se mirent à l'œuvre. L'exécution commença par la partie arrondie de l'architecture en façade de rue. La toiture de la chapelle obsidienne fut le lieu de la première attaque. Celle-ci fit face aux mâchoires monstrueuses qui mécaniquement en se refermant broyèrent les matériaux dans un fracas effroyable, couvrant les cris d'horreur des nostalgiques venus assister au théâtre d'une scène criminelle. Têtes étirées vers le ciel et yeux rivés sur l'évènement, la plupart des personnes semblaient saisies d'épouvante ; Je remarquais une attitude assez similaire chez les uns et les autres des observateurs, car certains se cachaient d'une main le bas du visage quand les autres se pressaient les oreilles espérant sans doute étouffer l'appréhension.

Mais je crus plutôt en une réaction de stupéfaction, comme si l'acceptation du mal devait se transformer en grimaces ou en cris : une douleur certaine.

Une première éventration laissait place à l'horreur. Un énorme et sombre trou béant venait d'apparaître dans le bruit sonore des débris que le brise roche crachait derrière les palissades de protection. Une fumée de poussière s'était élevée et tandis que l'écho sourd des premiers gravas montait dans l'atmosphère, le moteur de l'engin hurlait et l'énorme mâchoire poursuivait son œuvre dans ce fracas d'enfer. Lucifer, c'est le nom que je donnais à ce monstre mécanique. La première partie de la voûte envolée, les murs se mirent à trembler, à s'écrouler ; Lucifer poursuivait son déchaînement. La chapelle centrale fut éventrée et le diable jeta son dévolu sur le déambulatoire de l'église, laissant apparaître colonnes et arc en plein cintre en débris. Le squelette des trois étages, sa coursive et ses hautes fenêtres nous apparaissaient, décharnés. Nous observions de derrière les barricades et devinions par le bruit et le déplacement des mécanismes l'avancée des démolisseurs. Au bout du troisième jour, le chœur fut massacré et l'acharnement à la démolition se poursuivait à démonter étage par étage la première travée de ce qui fut pour le quartier, l'église Saint-Joseph.

Jour après jour, l'édifice perdait deux à quatre piliers et une partie de sa voûte. À chaque passage, comme prévu, Francine prenait une photo, image de la destruction, travée par travée. La longueur de la nef disparaissait à vue d'œil et les passants regardaient médusés, cette ruine d'une bâtisse respectée du temps jadis, maintenant mise en pièces afin de faire place à la modernité.

Le bruit dans le voisinage devenait infernal : moteurs rugissants, grondements de l'écrasement et chutes massives des pierres. Après chacune d'elles, un court moment de répit frappait dans un silence enfumé et une atmosphère lourde et poussiéreuse tombait sur le quartier éventré. Certains pouvaient dire que les vibrations se faisaient sentir jusque dans les maisons et appartements voisins… Situation sans doute inévitable !

Jour après jour, sous la lumière matinale pâle mais ensoleillée, l'église ou ce qui en restait gardait cependant une éloquence. La structure désossée dégageait une élégance divine ; ce fut véritablement un grand choc pour les autochtones que d'assister à l'agonie de l'édifice et la destruction devait durer plusieurs jours car son ampleur était de taille. Francine était de ceux-là ne comprenant pas, elle se répétait une question : « pourquoi avoir sacrifié un tel lieu de souvenirs et d'histoire ? »

Alors que les machines reprenaient leur exploit, Francine déclarait la guerre. Abattre cette église était une hérésie, un sacrilège ; l'acte odieux de la folie et du chaos dans le cœur des hommes. Les immenses pinces tournant de gauche à droite, croquant les murs comme un biscuit un peu coriace, reprenaient leur arrachement sous les rugissements incessants. Pourquoi tant d'acharnement. « L'époque se meure d'abandonner le divin ; de ne plus croire en la puissance de l'espérance, de se détourner de la lumière spirituelle. Pourquoi supprimer ces berceaux chargés de bonté, voués à apaiser le poids des âmes ». Elle pensait à toutes ces architectures disparues au cours des soixante dernières années au nom de la sacro-sainte modernité. Certains de ces bâtiments récents sont à leur tour abandonnés ou d'autres, dans un état pitoyable, construits à la vitesse de l'éclair avec des matériaux dérisoires…

« Souvenons-nous de l'engagement de Malraux ! Certains dispositifs de protection du patrimoine architectural, urbain et paysager portent encore son nom. Le détournement reste une logique de préservation, qui plus est, à des fins artistiques ; mais pas la destruction » raisonnait Francine dans un SMS.

Celle-ci m'envoyait régulièrement une photo de l'évolution des faits et le fruit amer de sa réflexion. Elle discutait de temps à autre avec les passants qui, comme elle, observaient à chacun de leur passage le changement du paysage. Il n'était pas question de franchir les barrières et de risquer l'accident dans ce lieu sous haute tension, mais chacun rêvait de repartir avec un bout de pierre taillée de l'édifice, un souvenir de l'existence d'une élévation qui en son temps recueillait l'esprit. Un petit morceau de pierre qui deviendrait un trésor. Francine espérait ce trésor mais l'accès dangereux restait à tous, interdit.

Puis on en vint à l'ultime travée. Ce matin-là, un ouvrier au volant d'un camion-benne stationna sur le trottoir entre deux barrières ouvertes. Incroyable mais véritable rencontre : Mon amie remarqua une première chose étonnante, le nom de l'entreprise inscrit en très grosses lettres sur le flan du véhicule : TERMINATOR ! Puis, le chauffeur sortit du camion et leurs regards se croisèrent. Le trouble s'installa ;

Saisissant : le regard de l'associé du diable était digne des dieux de l'Olympe. Qui pourrait le croire, l'instant aurait pu devenir un film, une vidéo, une publicité, un cliché. Ce beau gosse casqué d'une bombe jaune, en plastique, paraissait sortir de l'ineffable ; un ravissement dans l'apocalypse, du sublime dans le néant.

Ni une, ni deux, la tenace Francine s'approcha de lui. Et, bien qu'elle fût séduite par l'homme, lui lança tout de go sur un ton désagréable :

— Et bien, vous avez réussi votre coup avec un nom pareil !

— Oh, mademoiselle fit l'ouvrier, ce camion n'est pas ma propriété… Et puis, je ne fais que mon travail !

— C'est tout de même remarquable ! s'exclama-t-elle. Regardez ce bien précieux devenu amas de pierres. Avez-vous-même pensé à la restitution des matières premières, ou tout est devenu déchets et poussières ?

Interloqué et penaud, le jeune homme poursuivit ses activités, demandant à l'étrangère de s'éloigner pour cause de sécurité. Francine toute désappointée s'exécuta. Puis, comme elle lui tournait le dos, il la rappela.

— Mademoiselle, j'ai quelque chose pour vous.

Il ouvrit la porte de son camion et en tira un fragment de pierre ciselé, une double moulure arrondie provenant sans doute d'une colonnette. Il lui tendit des deux mains.

— Tenez, c'est pour vous, je l'ai prise pour dire que j'y étais. Mais je crois qu'elle vous fera plus plaisir qu'à moi.

Francine accepta le présent et le saisit tel un joyau, de ses deux mains tendues, à la façon dont il lui donnait. La bonté était au secours de sa détresse. Le jeune homme avait compris la tristesse des faits.

S'éloignant alors pour laisser l'ultime désordre s'accomplir dans la disparition du narthex, Francine prit sa dernière photo et repartit les mains comblées de son bout de pierre sculpté, souvenir du lieu emblématique où son fils Bazile avait renouvelé sa croyance dans la profession de foi. Il faisait très beau ce jour-là, comme aujourd'hui. Une journée d'hiver froide mais ensoleillée ; Une lumière exceptionnellement claire.

...

Dans l'ordinateur, Francine classa ses photos afin de mettre en ordre ce dossier « Anéantissement du sacré », que fut la démolition de l'église saint Joseph. La dernière photo, celle qui fut prise le matin même attira son attention. Son visage s'illumina. Elle envoya un mail et ajouta la photo en pièce jointe.

Ce message m'était destiné et je le découvris le lendemain. Une question m'était posée : « Ne vois-tu rien ? » je cliquais sur p. j. téléchargement intriguée et découvrais l'image avec étonnement. Dans la charpente, un ange de lumière figurait sur la photo. J'analysais le cliché !

Au-dessus de l'ultime arcade encore dressée, s'élançait à ciel ouvert, les dernières poutres de la toiture. La lumière du jour très dense semblait venir d'un puissant projecteur comme s'il s'agissait d'une spectaculaire mise en scène. Cette lumière miraculeuse faisait naître les ombres contrastées de la structure restante et formait ce qui pouvait ressembler à la créature céleste. Une pure magie pourrait-on penser, un coup du destin, une grâce. Un peu géométrisé, un peu architecturé, un profil d'ange ailé passait au centre de l'image ; cette présence semblait envoyer un message, du moins c'est ainsi que je l'ai reçu : « Peu importe ce qu'il advient de cet espace, n'aie crainte ! »

Paréidolie significative ! Après échange avec mon amie, force d'avouer que nous avions compris la même chose : « peu importe les apparences, je serai toujours là ». Voilà ce que nous devions retenir de cette image et des évènements l'ayant mise à jour. Égarement créatif, message de l'au-delà ? La sagesse et la bénédiction se trouvaient réunies. Délire me direz-vous ?

Voulez-vous cette photo ? Observez et pensez à votre tour !

Photo de Francine D.

La lecture de l'article de Didier Rykner dans « La tribune des arts », dont il est le fondateur, m'a éclairé sur l'architecture et sur un certain patrimoine Lillois. Je lui en suis reconnaissante (https://latribunedelart.com Catho de Lille : de la chapelle à la chapelle. Article du 4 juin 2020).

Par la parution de l'article « Villes et paysages français – L'offensive du laid » du journaliste Nicolas Bastuck, j'ai été confortée dans ma façon de penser l'urbanisme.

(Le Point numéro 2552 du 15 juillet 2021, page 38.)

Remerciements

Merci à Éric Duquesne pour sa présence, son regard avisé, ses conseils et recommandations, son ultime relecture.
Je remercie Sophie Cazals pour son soutien, sa considération attentive sur la supervision du manuscrit prenant forme et sa bienveillance.

À propos de « Histoire d'ange », merci à Francine D. qui a insufflé malgré elle, matière fantaisiste au récit de cette nouvelle.

Merci à Timothy mon proche conseiller.

Merci à Séverine, mon âme sœur artistique.

Merci à mes amis(es), pour les encouragements.

Merci à Jacques-Olivier mon amoureux pour sa curiosité et son hyper patience.

Merci aux rencontres, à la folie, à la magie de la vie ; Je sais qu'elle existe.

Table des matières

Imprimé en France
Achevé d'imprimer en février 2023
Dépôt légal : janvier 2023

Pour

Le Lys Bleu Éditions
40, rue du Louvre
75001 Paris